UN DRAGÓN SIN SU JINETE ES UNA TRAGEDIA.

UN JINETE SIN SU DRAGÓN ESTÁ MUERTO.

—Código de Jinetes de Dragones

ESTE DIARIO PERTENECE A:

NO VOY A MORIR HOY.

—Violet Sorrengail

SÉ PERFECTAMENTE QUIÉN Y QUÉ ERES.

—Tairn

POR FAVOR, NO CREAS QUE HAY NADA DULCE O AMABLE EN MÍ.

—Xaden Riorson

TU CEREBRO ES
TU MEJOR ARMA.

—Mira Sorrengail

SOMOS INVENCIBLES.

—Rhiannon Matthias

¿TE TRAIGO AL LÍDER DE ALA?

—Tairn

ME DISTE TU CORAZÓN
Y LO CONSERVARÉ.

—Xaden Riorson

SOY EL CIELO Y EL PODER DE TODAS LAS TORMENTAS DEL MUNDO.

SOY INFINITA.

—Violet Sorrengail

Cuaderno oficial de la saga Empíreo. Esta obra está basada en la novela *Alas de sangre*, de Rebecca Yarros.

Título original: *Official Fourth Wing Journal: Violent Little Thing Edition with Lined Pages*

Esta edición se publica en colaboración con ALLIANCE RIGHTS AGENCY

Traducción: © 2024 de Graciela Romero Saldaña
Diseño de portada: Elizabeth Turner Stokes
Diseño de interior: Britt Marczak Stock art por FamGrafis/Shutterstock, Peratek/Shutterstock, AlyonaZhitnaya/Shutterstock

Bajo el sello editorial PLANETA M.R.
Avenida Presidente Masarik núm. 111,
Piso 2, Polanco V Sección, Miguel Hidalgo
C.P. 11560, Ciudad de México
www.planetadelibros.com.mx

Primera edición: marzo de 2025
ISBN: 978-607-39-2623-2

Impresión y encuadernación: EGEDSA
Printed in Spain - Impreso en España